栞

大谷良太『方向性詩篇』（二〇一七―二〇二三）

越境と諦念とその先の希望へ

駒ヶ嶺　朋乎

この詩人が訥々と語る越境の物語を個人誌『ブン』や同人誌『岳樺』などで追ってきた。地理的距離は近いが心理的距離は年齢層によって乱視的混乱を極めるこの東アジア圏におけるクロッシングボーダーの物語には、終始、ふんまんやるかたなき諦念が充満している。その諦念は詩作初期の二十数年前から変わらず、生み出されたばかりの鮮やかさを保ち、経年劣化していない。

時に政治的な主張に傾いているだろうと受け取れる言葉もあるが、私には政治のことがまったくわからない、それでも、どうしても目を離してはいけないと思い読んできた。そういった危なっかしさがある。これらの詩篇で語られる政治への横槍は思想だろうか。私は違うと思っている。思想とは、大人数で協議した結果、集団に「ある方向性」を示す力を持つ場合に言う。大谷氏の『方向性詩篇』はごく個人的な越境の物語で、大人数で協議されることで削られる工程をすっ飛ばした、一つの剥き出しの物語である。個人的な物語を取りこぼしていけば、「私たち」

という集団はあらぬ方向に向かう。(現に、長らく扇動されてきたヘイトが起源を辿ればフェイクであった、と手作りの暴挙が白日の下に晒した事件を経てなお、慣性軌道を流れるままであったりしている。)そうした危機感から、あえて語られる個人的な物語を、取りこぼさずに受け取らなければならないと思っている。

この強靭な物語の随所で語られる均質性への疎外感から私は目を背けることができない。いまだに概ね単一民族国家だと言ってみたりこの国は平和ボケしているという枕詞があったりするが、多様な差異のいちいちを検品のごとく弾くからこそ見える偽の風景であって、弾かれた先では長らく一触即発の状態にある。日常生活の上でこのヒリヒリした疎外感覚が緩和されたことなどない。私自身、ロシアとの国境紛争を抱えるフィンランドのカレリア地方にルーツを持つ日本人を世代を紡いで百年やってきて、均質性から弾かれ続けている当事者であるためかもしれない。

この詩集には越境であったり父親の子育てであったり、丘の上の壁の向こうだったり、たくさんの難しい問題が山積みなんだ。そんなヒリヒリとした感触で読んできたものだから、あとがきの「恋文」には驚いて二度見した。恋文かぁ、心を傾けているのは政治ではなく恋人だったんだね。

恋は、一対一の他者との対峙であるが、恋で対峙する一人の他者は、もはや「他者」と同定し得ないこともある。自らと区別がつかないほど前のめりに心を傾けていく。示された言葉が恋文ならば、対話、ダイアローグはモノローグに集約されていく。詩集は「じゃあね」から始まるのだが、なかなか「じゃあね」が言えない。排除ではなく包括を希求するこの詩集は、確かにラブレター以外の何であろうかと、言われてみれば気づいたのであった。

この詩集では「追憶」や「記憶」が印象的に用いられる。詩「対話ノート」では、追憶があぶり出す友人との時差によって、希望を増幅させる特異な効果が目を引く。韓国語を先に勉強していた友人が驚きを語り、のちに自分もちゃんと勉強してみると「彼の驚きを私も知るようになった。」そして続く。「自身の経験と記憶を頼りに、はっきりとした希望を書き留めること。それが何処まで可能なのだろうか、私はぼんやり考えていた。」これまでの延長に、線形に描き出される、希望とはなんだろう。希望とは、今より先にあり、やり残していることではないだろうか。今はできないがこの延長では手が届くかもしれないもの。他者が成し得た学習を、後から追って驚きと敬意をもって追認していく。その先に今まだ誰も達成していない目標を描き出す。子供たちと芝生でフリスビーを飛ばし「悠然と軌道を描き、それは真っ直ぐに飛んで行った。」この希望も悠然と飛べ、と思いを馳せる。

子供たちへの希望は殊更繰り返し、祈るように語られる。「諦念と無縁の詩句は、畢竟、幼いお前たちに懸《かか》る。」（「方向性詩篇」）詩集には「地雷原」「永訣」「抗争」「ゲリラ部隊」、挙げればキリがないほど、不穏な単語が満ちあふれている。革命や闘争への志向は、大谷氏が生まれる頃にはもう下火だったと思うが、そんな荒廃を郷愁のような感慨で追慕する。「黙秘した夏、／テトラポッドに登った。」（「海峡」）薬缶で湯を沸かし、メビウスやラークを燻らせながら、海峡を眺めて黙り込む男がいる。言葉は、最も遠くのターゲットを的確に撃ち抜くことのできる恐ろしい武器だ。「対話」においてターゲットとして設定され続ける他者という境界を消し去り、言葉が本質的に内包する暴力性を無力化するには、恋文という形式は有効かもしれない。フラッシュバックのように瞬間的に侵入する不穏な追憶の先に、走り出す子供たちの風景が重なる詩集である。その行き先を見守る以外に他に、すべきことなどないのだ。

（こまがね・ともお）

大谷良太の坂の上から

中尾　太一

「ひと汗」という作品がいいと思った。坂道の上にある精神科の入院病棟、または朝鮮初級学校といった、日本という閉鎖的な社会から見て他人であり続けている場所についての思考や思い出を、虚構を交えて語っている。そこでは「差別」を問題にする以前の、どこか割り切れない、ぼんやりとした大きなイデアが大谷の前に現れて、大谷にとってなにか重大な問題になっているようである。こうだ、というのではない、明示しえない複雑な問題。これを大急ぎで断定するのは詩の仕事ではない。「僕はやはり僕なりの仕方で、「坂の上」を自分に繋げてみたいんだろう。」と大谷は書いている。こういう内面の急くことのない丁寧さ、根気強さが大谷良太の詩の仕事として、非常に好ましいように感じられる。また、「学校《ハッキョ》が坂の上にあった、その「ウリハッキョ」は今もちゃんと坂の上にあるよ。／ほんのひと汗の努力なんだよ。」と、対象を思うときに「ひと汗」という労働の比喩を用いるのだが、これもいい。この「ひと汗」は額に流す汗ではない。

その「ひと汗」の風景のなかに自分が何かを考えながら生きている、そういう大きな汗であり、小さな自己の存在の家でもあるだろう。それはときに「仕事」や「生活」という重荷になって大谷をきゅうくつな場所に閉じこめてしまうが、大谷のよいところは「みなそうなのだ」という似非道徳的な発想がないところだ。どこかに孤独を担保していて、そこで他人のことをかまわずに、書いている。それは他人からの視線や断罪が届かないところでもあるのだが、かといって自己をひたすらに愛そうとしているのでもない。愛があるとしてもその文字ほどにははっきりしていないぼんやりとした情動が無意識に対象に付いたまま離れないでいるという具合だ。そこに朦朧体で動く「僕」や「私」がオートマティックに憑《と》りついたのが詩であり、その具体性である。それゆえに孕むのがノスタルジーなのだが、それは大谷が抒情詩を書くべくして書いているということだ。

さて『方向性詩篇』という理解できるようなできないような詩集の名であるが、ここにひとつ「坂の上」という展望が開けたように思う。少なくとも「方向性」を見いだせないでいる詩集ではないだろうし、ここに収められているのが抒情詩であるのなら、ほんとうはそれが大谷にとってただ一つの「方向性」であるはずだ（「2018.5.13 Bloody Sunday」や「地獄《ヘル》」のような、僕からしたら「必要か？」と思うような作品が意地でもねじ込まれてはいるのだが）。しかしそう書きながらも本人には次のように問うかもしれない。ここでいう「方向性」というのは「思想」や「目的」ではなく、過ぎていく時間や風景のなかで目を落とせばいつも視界に入ってきた自分の靴の先っぽの、自分をどこか遠くで生きさせようとする意志のことなんじゃないか、と。俗受けするポップスのようだが、いくぶんかこの詩集の、本人が「あとがき」でいう「ダサ」さに引っ張られている。冒頭の作品「じゃあね」の「僕のバッシュも笑いながら駆けて行く」のダサさがダサさとして大切に仕舞われる棚が大谷の部屋にはあるのだ。人の詩作の場に固有に備わったそうした「性格」は詩の構造の基礎であって、それはだんだんに失敗していく人間という存在の、静かに確かめあうべき過去でもある。「なぜそうなった?」と問うよりも「なぜ書いている?」と声に出さずに推し量ることも詩を読むことであり、大谷の場合は「僕はやはり僕なりの仕方で、「坂の上」を自分に繋げてみたいんだろう。」とそれに答えてくれている。十分である。

手塚敦史の無責任な好奇心によって引き合わされてから十年ほど大谷とは友人でいるが、彼がときどき見せる明晰さには、それに必要なだけの言葉の感情が伴っていた。そのために大谷の言葉はいつも効果のほうへ行き切らないで、ちょっとはにかんだような文として心に残るのだった。この詩集のよさもまたそういうところにあるような気がするのだが、読者はどう感じるのか。「思いやり」のようになってしまうが、大谷が二十年以上詩を書き続けていることを考えるとき、そこには余人が割り込めないような「方向性」が孕まれているはずだ。自分の言葉の世界にかかっている霧のなかで確かめるべきはいつもそのような「方向性」であり、これを別の言葉で「自己」という。「大谷良太のバッシュのつま先にこびりついた汚れ」といいかえてもいいが、それがそのまま大谷のペン先になって描きだしている暮らしの細部の正直な物質性に、僕は大谷良太の詩人としての忍耐とタフネスを感じている。

（なかお・たいち）

編集室 水平線
〒852-8065
長崎県長崎市横尾1丁目7-19
TEL 095-807-3999
main@suiheisen2017.jp
https://suiheisen2017.jp/

方向性詩篇

大谷良太

水平線

方向性詩篇

大谷良太

二〇一七―二〇二三

方向性詩篇　目次

I

II

I

じゃあね

菜園が手入れされ収穫されて行く様子を
金網越し見てるひなた
おどけた君の口覗く白い歯が
堪らなくエロチックだ
滴っていないのに滴るしずく
イメージが淡い藤棚を揺らして。
ごらん、便覧のうたを
何故躊躇っている〝じゃあね〟
柔らかい横腹にキスを浴びせたら
僕のバッシュも笑いながら駆けて行く

二人だけ、可愛い膝小僧になってさ、ああ、
切ない我らの日々《縛》、浸《疲》かれたらいいのにな
過り降《くだ》って
夏至を志す
君としたこと、全部憶えておく、じゃあね、
じゃあね、坂道を下ってく
洗い残した皿の脂に
溜ったひかりみたいだ。
根気強く思う。——根気、
つよいと思う。じゃあね、
じゃあね、——君がペダルをゆっくりと漕いで。
有り余る不滅を僕たちは駆けてく

秋冷

よく冷えたゼリーのような熟柿を啜る午後、
寺院ではなく聖堂の鐘が鳴り、
俺の把持した販路《チャネル》もまた、猫の瞳《め》のように澄んでいる。
俺たちは鞄《かばん》に財布を入れ、パスポートをひとところに仕舞《しま》った。
目やにの酷い子供が誰に似たのか、そんな話をしている。
急坂の多い都市の、
きつい勾配の上の、
林立した白いアパート。
俺はタッチパネルで彩色《カラーリング》されたグラフたちに指示を発し、
君は裏手の山の遊歩道を窓から見降ろしている。

〝鵲《カササギ》〟──昨日見たあの黒い鳥の名前を、
ふっと思い出しながら、自分は、
別のこと、別の思考を考えていた。
冷蔵庫のメモを見上げながら、運河沿い、
此処《ここ》ではないと言った、
あの日の君へ。

＊

聖堂の鐘が鳴り響き、此処《ここ》ではない、
此処ではないと知ったよ。
アジアの一千万都市にいても、
帰りたいと思う先史がある。
この頃《ごろ》じゃ、尻の先に
見えないしっぽが生えていたらと思う。
あの裏山を歩いているとさ、茱萸《グミ》も木苺もあって、
ジュニがひどく喜んで拾った。
国境を越えて、大量の書籍たちも
箱詰めして安く送れればいいのにな。

山道《さんどう》を登り詰めた先に小さな寺があり、
無料でプレートに昼飯を振舞《ふるま》っていた。
日本じゃ見ないくらいの大きなダンプが、
やはり急坂の砂利路を上って来て、
草木が擦れる脇で、俺はジュニを抱え上げる。
帰りたいと思う時代。
此処じゃない場所。
アパートから視える夕刻のビル群を、
白いノートに留《とど》めようとして、
二重窓に映り込んだ君とジュニの姿を、
俺は脳裏にはっきりと刻み付けていた。

*

秋冷の鐘が鳴り響き、
地上を渡って行く鵲《カササギ》。
あの黒い鳥は、俺たちが散策する都度、
必ずあの裏山の遊歩道で出会《でくわ》した。
落ち葉を踏む度にかさかさと音を立てて、
ジュニが黄葉を拾い集める。
複雑なソウルの地下鉄《メトロ》の、
彩色《カラーリング》された路線図を、
俺は自分の販路《チャネル》に重ね合わせる。
子を連れて、ＬＣＣのエコノミーで、

帰りたくもない故国に帰る。
仁川《インチョン》に向かう途中で、斜め後ろから
車窓に橙色の朝陽が差し込んで来た。
君のお父《アボニム》さんの運転する車は、
時速百キロを超えて高速を走行する。
心を掠《かす》ってゆく軽さに俺は苦しむ。
別な生き方、別の方角を模索しようとして、
だが、俺の足はふわふわ踏み留まる。
君は黙り込み、ジュニも不機嫌だ。無理もない、
朝晩の冷え込みで、ジュニは風邪を引いたのだろう。
梢を渡って行く鵲《カササギ》。漢江《ハンガン》。白いアパート。
聖堂の鐘が鳴り響き、熟柿を啜りながら、
此処《ここ》ではない、此処ではないと知った。
そう、俺もこの旅で初めてそっと触れたんだよ。

洪水伝説

今日、慌しく彼女が出勤した後で、
私は壜詰めを小箱に梱包し、
宅配の集荷を自宅で待ちながら、
詩が降りて来ないか、と台所で唸っていた。
十一月十九日——結婚の記念日だが、
生憎《あいにく》すっからかんの私の財布だ。
宛名書きが二枚テーブルに並べられ、
私はＰＣを前に唸っている。
詩が降りて来ないか、詩が降りて来ないか。
生姜茶《センガンチャ》と葱醤《パジャン》。千葉県と長崎に宛てたラベル。

詩は降りて来ないで、時間だけが降りて来る。
誰もいない部屋を思っているのだった。或いは、
誰もいない部屋を思う空白に似ていた。
行ったり来たりする私の思惟よ。またも書きあぐねて、
クリアファイルをぺらぺら触れたりしている。
生姜茶《センガンチャ》と葱醤《パジャン》。千葉県と長崎に宛てたラベル。
やがて詩が降りて来る。——呻吟し、夜を徹する者に。
ＰＣを前に唸る私の後ろで、壁に凭れ、
彼女は毛糸を編んでいる。
今日、慌しく彼女が出勤した後で、
集荷人が来て、私は壜詰めたちを発送した。
それらは神々しい、十一月の記念日だった。

対話ノート

昼飯に使った皿を洗いながら、取り留めのないことを思っているのだった。窓外の大気は温み、春らしい光が室内にも届いた。猫たちはそれぞれの場所に隠れて眠り、家には私一人だった。十四時過ぎ、空っぽの郵便受けを見に降り、エレベーターでまた五階まで上がった。これと言ってすべきこともない、平日の午後だった。

昨日、韓国語の授業からの帰り道、道端に羽を傷めたカラスが、脚だけで飛び跳ねていた。私は椅子に座り、テーブルに頬杖を突きながら、あのカラスはどうなったろうと思った。羽を傷めたのでは、そのままでは、鳥として生きて行ける筈もなかった。カラスを自治体は保護するのだろうか。私には分からなかった。また、もっと昔、ジュニがまだベビーカーに乗るくらいの赤ん坊だった時のことを思い出した。ミンジュと道を歩いていて、近所の幼稚園の脇に、雀の雛が落ちていたのだ。この時は私たちは慌てて、市の動物保護センターに連絡を取ったが、雀は保護の対象ではなかった。親鳥が近くにいるかも知れないと思って、私たちは振り返りながらその場を離れた。

コーヒーを淹れるための薬缶を火に掛け、換気扇を回してメビウスを燻らせる。様々な思いが胸を擦過するのを感じる。温かい思い出もあり、しかし、不快な思い出も決して少なくない。マグカップを啜りながら、そんな思い出たちを点検する。

或る大雪の日を思い出した。私は窓に寄り、ひっきりなしに降る雪を眺めていた。隣に、もう忘れた誰かがいて、会話していた。その頃、毎年のように厳しい寒さの冬が続いた。その部屋は空調が効いてとても暖かだった。どんどんと積って行く庭を眺めていた。まだ昼で、部屋の明かりは点けていなかった。薄暗い天井。私たちは昼間から雪見酒をしていた。此処まで思い出して来て、肝心の相手を思い出す。彼は独学でハングルを勉強していた。韓国語は日本語に似ている、と彼は言った。パッチムの仕組みを説明してくれた。が、私には彼の言うことが何も分からなかった。ちゃんと韓国語を習うようになった時、彼の驚きを私も知るようになった。

時計は十五時半を指し、今、ドアの新聞受けに夕刊が投げ込まれる。乾いた洗濯物を取り込み、なかなか暮れて行かない午後を眺めていた。漠然とした不安の中で、自身の経験と記憶を頼りに、はっきりとした希望を書き留めること。それが何処まで可能なのだろうか、私はぼんやり考えていた。先週末、子供たちと訪れた広い芝生でフリスビーを飛ばした、あの白いフリスビーを思った。悠然と軌道を描き、それは真っ直ぐに飛んで行った。

ひと汗

自分の頭の斜め上で、人差し指をくるくると回しながら、
「これでっか?」と運転手が僕の家族に尋ねる。
そうしてタクシーを駅前から走らせて登る、きつく長い坂道の上に、
僕の目指す精神科長期入院病棟がある。
かつて「ルナティックアサイラム」と呼ばれていた。
「ルナティック」ってどんな意味だろうか? 「アサイラム」は多分、収容所だ。
一時期僕が上の子を通わせていた、
朝鮮初級学校も、とてもきつい勾配の上にあった。
子供と歩いてその坂を登り詰めた。
あの日々は自分にとって、どんな思い出なんだろう?

子供にとって、どんな思い出になったんだろう？
幼い子供たちの通う学校《ハッキョ》の前の道路に、
横断歩道さえ整備させない、この不思議な社会の構造って？
僕はきっと「差別」のことを考えたくて、でももっとそれ以前の、
普段人が向かうこともあまり思わない、坂道の上にあるもの一般を漠然と考えている。
そこに向かうことや通うことを、日常や日課に組み込んでいる、
そんな人たちのことを、ぼんやりと考えている。
「ルナティックアサイラム」とやらについて言えば、
「これでっか？」と指をくるくる回す
そんな運転手はもう殆ど、現実にはいたりしないのさ。
安岡章太郎の『海辺の光景』の中に、
似たようなシーンが確かあったな、って時々思い出すだけさ。
最早かなり古くなったあの小説と、
今も坂の上にあるいろいろな建物、いろいろなイデーとの関係。

僕はやはり僕なりの仕方で、「坂の上」を自分に繋げてみたいんだろう。
学校《ハッキョ》が坂の上にあった、その「ウリハッキョ」は今もちゃんと坂の上にあるよ。
ほんのひと汗の努力なんだよ。
少し馳せるだけで到達可能な、きっとこれは「思い」の持ち方の問題。
そんな、努力ですらないのかも知れない、僕にとってはやはり漠然としたままの
永遠に「ひと汗」の問題。

百年

だんだん暮れてゆく光の中で、家々に灯がともり、
俺はこの光たちが揺れている地上を、
いつ、どこで、眺めたんだっけかな、と思う。
目の前に開けた暮れ方の田んぼを、
田んぼの中の一本道を、軽トラックが走り去って行く。
俺は長い棒切れを、杖のように持ち歩いている。
思い出せる夜のフライト。——この先、
自分がまたあの景色を眺めることがあるのかな、と思う。
オリンピック大路《デロ》。光り輝く南山《ナムサン》タワー。
ふたつの懸け離れた都市を、

大きな別の河が流れて行く。
俺が首からぶら提げた電話から、
今も微かな会話が鳴っているような気がする。
自分が歩く田んぼの向う、
堤防の上を滑って行く車列のライトが、
きらきらと数珠つなぎになって。
信号が変わる度にそれは動いて。
横たわっている浅瀬の底、
砂金のような光の粒を集めて、
眩しい束を束ねたい、と思う。
冷たい流れに手を浸すみたいに、
今、此処にいる地上を思う。

桜と風邪

四月だった。土曜日の夕刻、米子から帰ったばかりの新《シン》と、保育園に竣《ジュン》を迎えに行く。満開の桜が散り掛かり、風邪を引き始めていることが、自分でもよく分かった。歩いているとふらふらするのだった。新が竣と手を繋いで、竣がトコトコ歩いて行く後ろで、私は痛み出した身体を引き摺るようにそっと歩を運んだ。花びらを舞わせる微風にさえ、身体はぞくぞく痛むようだった。夕食を三人で終えると、抽斗《ひきだし》を探してみたが、市販の薬も処方薬も見当たらなかった。新はそのまま、また私の両親の家に行ってしまった。私は気怠《けだる》かったが、さっと竣を風呂に入れると、彼と二人、早目の眠りに就いた。ミンジュはまだ画塾から帰って来なかった。

眠りの中で気付くことがある。或いは、気付く感覚の夢を見ているのか。ＤＶＤ。二歳の竣がテレビに向かって、エンドレスにディズニーのＤＶＤを見ている。或いは、これは夢ではなくて、私は実は覚めているのだろうか。液晶がぶわっと膨れて、画面の中の牙を剥いた悪魔が、竣に襲い掛かる。画面のガラスが割れて、大きな破片が竣の頭をばりんと包み込もうとする。

目覚めると大抵、自分は寝汗を掻いている。

目覚めると、寝室の明かりが点き、その耿々《こうこう》と灯った明かりの下でミンジュが着替えていた。私が声を掛けると、「あれ、起きてたの？」と彼女が言う。それから私たちは翌《あく》る日の話をした。日曜日は午後から雨の予報で、私たちは花見に出掛ける積《つも》りだったが、その予定も怪しかった。私の風邪もあった。私は布団の上に起き直り、重い体を洋服箪笥に凭せていた。竣は子供部屋で眠っている筈だった。台所に行って水を飲み、ミンジュが着替え終わると、明かりを消して再び床に就いた。明日、雨になるならば、と私は思った。明日、雨になるならば、桜は全て散るだろう。布団の中で、ミンジュの手が私の手にそっと触れた。私は戸外の桜を思った。森閑とした中、それは今もなお花びらを暗がりに散らしている。私は彼女の手をぎゅっと握り返した。そこには確かな温もりがあった。

日本なのか、韓国なのかは、はっきりとは分からない。歩道を、トコトコと子供たちが歩いて行く。その上に満開の桜が散り掛かる。私は彼らの後ろで一人立ち止まり、ゆっくりと深呼吸した。恐らく、この夢の中では、私の風邪は既に完全に治り切っていた。

2018.5.13 Bloody Sunday

——【ぎりぎり男】からの手紙

W県X郡F町が設立した、林業関係の第三セクターで働きながら、俺は夜毎、死語に近い雅語や卑語、滅びつつある方言を漁《あさ》った。そしてその作業が、極めて虚しく思われた深夜、俺は自分の左足首をロープで縛り、そのロープのもう片端を、さて、小屋の何処に結わえ付けようかと考えた。Zという谷間《たにあい》の集落は、数軒の民家と、無人の倉庫が散らばるばかりだ。俺は思案を止めてノートを開き、ペンではなく鉛筆で、さらさらと一行を書いた。するするともう一行。すると、偶然にもそこに改行が生まれた。――俺はロープのことなど忘れて、ノートに鉛筆を走らせる作業に耽った。三十分もしないうちに、俺は飽いた。そして、自分は帰ろうと思った。自分は帰ろう、不帰《かえらず》の故郷、幻影の都市に帰ろう。俺は都市部で育ったから、その数ヶ月の生活、というか、そういった自分の在り方を、胡散臭《うさんくさ》くも感じていた。辞表なんてものはその第三セクターでは要《い》らなかった。場長と、まだ暫く続く繁忙期をどうするか話し合い、結局二ヶ月ほど残りを働いた後に俺は場《じょう》もW県も去った。兎に角、俺に後悔はなかったと言っていい。希望もなかったこともまた確かだが…。

＊

昔、君から届いた手紙を、ここに貼って置く。手紙というか、これは習作だろう。以下。

「

僕の人生にはお金がない。

僕は昨日、辞書を注文した。今朝、部屋に届いた。

日記を付ける習慣がない僕。スーパーやコンビニのレシートも、毎月のガスや電気の明細も、受け取るとすぐにくしゃくしゃに丸めて、屑箱に捨ててしまう。そうでなかったら、故紙の束に挟み込んで、回収に出してしまう。新聞の回収が月の終わりにある。袋に纏めた束を、玄関先に出しておくと、夕方にはなくなっている。僕の部屋にテレビはない。

何故、みんな本を読むのか。そして、若い人間が、たいてい一度は物書きになることを志すのか。僕には、そういった人間の心理が分からない。なろうとしてなれるものならば、僕だってなれるだろう。僕は辞書を買った。

　郵便局に行く度に、僕はびっくりする。それから、僕がいつもよく行く昼時のドーナツ・ショップでも。うんざりした気持ちで人の列に並びながら、僕は、たとえば鳥のことなんか考える。空を飛べる気持ちって、一体どんなものだろうか。僕は新鮮な感覚や、鳥が羨ましいとか、そんなことを話している訳じゃない。地べたというものが、つまり、離陸と着地のスイッチが、僕には分からない。コーヒーを飲むことや、金銭の勘定。どういった類の僕たちの行為が、鳥たちにとっての飛翔なんだろうか。

　僕は毎晩、眠る前に、いつも決まった二人の人間を思い出すことにしている。一人は、今も時々行くスパゲティー屋の主人。もう一人は、二十年近い昔に出会ったクラスメート。彼は熱烈な読書家だったけれど、今頃どこでどうしているだろう。作家になったとは聞かない。今、彼と連絡は付かない。

本。郵便局。鳥。ドーナツ。
コーヒー。スパゲティー。クラスメート。

明細書。辞書。新聞。覚え書。

四十も間近くなると、自分が何者なのか、更に分からなくなる。晩年の暦《こよみ》に差し掛かっているのか。

*

無言のままゼロから、海抜を引き上げて行く。苦悶の吐露が、せめてもの歌となればいい。跋渉し、渉猟し、跋扈し、……同じような行為を、繰り返し繰り返す。午前五時、起き出して来た下の子に、薄暗い台所で飯を与えながら、俺はこんな自己を、この子たちに引き継がせたくはないと思った。いつか、終止=返債の時が来る。明けて来た戸外は、既に酷い雨で以て始まっていた。優れた伝記作家、というものは、自身の記録を、遺すだろうか、遺さないだろうか？　他人《ひと》から、というのは取り分け身近な人間から、己の自己顕示欲の強さについて指弾される。伝わらないことが、歯痒かった。配偶者さえ、日本の私小説作家たちを読みながら、何故か俺と彼らを重ね合わせて視る。スーパーマーケットに、雨の合間を見て家族で肉と牛乳を買いに行く。日々が死闘だった。山巓に吹かれている野薊《あざみ》までの距離が全く見通せない。

棘を持つこの花は、俺の心の中で咲いているのか…。勤勉な者たちは、図書館や学級文庫から借りて来た本を一日中読書している！　フライパンでテキを焼いて昼とし、雨の日曜日は再び家に籠ったまま、午後に入りつつある。

＊

おはよう、おやすみ、と言って、毎朝晩、キスを与える。

＊

今日の夜、百六十二さいの男と、百二十三さいの男たちがしとうになった。そして百二十三さいの男が、まけて、まえにたおれた。何か、言いたがってるから聞てやった。さいしょは、ちいさくてきこえなかった。もう一ど聞なおしたらこう言っていた。

「お……おい、お前……一本……とられたぜ。」

そして男は、しんだ。男を黒いごみぶくろに入れて、がけからおとした。

そして、しとうにかったその男は、ソウルへとたびだった。ソウルには、やき肉やが、いっぱいあった。そこで、ホテルにとまった。ホテルで、ニュースがでた。男はニュースをま顔で見つめていた。今日、にじゅうよんごうせんを、左へずっといったマンションで、6人の人が、しんでいたらしい。ふしぎなことに、ぜんいん、ほねになっていたらしい。せんもんかによると、ライオンか、何かでは？と、言っていた。けど、このへんの町にライオンはいない。では、何だ?考てみたけど、わからない。男は、朝の、四時まで、ねないでかんがえた。外でなにか、ひめいがあがった。そとを見ると、けむくじゃらの、ハイエナみたいな男がいた。それは、

ハイエナ男だ！

そして、ハイエナ男は、ひめいをあげた女の人にとびかかった。そして、その女の人の、

足首を、かみちぎってしまった!!

女の人の、足首から、赤い**ちが、ふきだした!!**

やばい、このままだったら、女の人のちがぜんぶ出てしんでしまう！　その時、やばいことが、おこった。女の人の後ろから、**ハイエナ男のむれが、おそって来たのだ!!**リーダーは、メスのハイエナ女だ。リーダーをたおせば、むれがよわくなるはずだ。男は、ほてるの、3がいから、とびおり、ハイエナ女に、うまいことつめで、ひっかいてやった！　だが、きゅうに、ハイエナ男たちが、男におそいかかったのだ！　だけど、パトロールかーがきて、ハイエナ男を、ますいじゅうでうたのだ。ぎりぎり男はたすかった。けいさつは、あと、三四時間はおきないだろうといって、ハイエナ男をおりに、おしこんだ。もちろんハイエナ女もだ。

＊

至上の光を
戦略的に配置して、
愛おしい君と迎える、
五月を。

心が絶え間なく顫《ふる》え、
弁証法に詳しい学者が描いた
コミカルな挿絵《イラスト》
を眺めているうちに、
雨の日は早くからたそがれた。
バーコードリーダーの赤い灯《ひ》。
鋭利な肩を抱き寄せ、
額に滲んだ汗を拭う。
我等《われら》から奪え。——君に致死量の愛を与えた。

*

苦悶の吐露が、せめてもの詩句《うた》となればいい。心を、蝕《むしば》んで行く地球影《ほしかげ》…。

＊

若い君に宛てた手紙を、ここに貼って置く。

「
薊と『ゼラルダと人喰い鬼』と地球影《ほしかげ》。
時は奪う許《ばか》りにあらず、ということを、この頃、僕は漸《ようや》く考えています。兎も角、生きている君と僕──われわれは、もう少し生き続けられないでしょうか。今日は雨が降っているけれど、そしてこの雨は暫く続くようだが、この誘《いざな》いは、ハイエナ男からの真摯な呼び掛けです。共に生きませんか？　生きるという行為に、僕も然《さ》したる意義は感じられない。死《し》に損《ぞこ》なった者に日差しがどんなものか、君も知っているだろう。今日、五月だが、雨の中出掛けたスーパーで、西瓜《すいか》が安くてね、西瓜一《ひ》と切れを買って帰りました。今、冷蔵庫に冷えてあるんだが…。
若い君は、未来をどんなふうに描いているだろうか。無論、僕は知っているけれど。残念だが未だに宇宙旅行は、一般ベースで商業化していません。こんなことを言っては何だが、政治的には昔よりひどいレベルかも知れない。しかし、君は政治の為に生きていた訳じゃない。このことは僕も心得《こころえ》ています。——昨日アップロードした書影。あれはどうだろうか。こうしている間《あいだ》にも携帯が鳴って、アマゾンや楽天、ヤフーで次々に君に注文が入っています。はは、残念だが、僕の書いた書物じゃないけれどね。経済的にも、精神的にも、いや、君が思っている以上に物理的に、又、政治的にすら（!）、人々は依存し、或いは、助け合っています。このことを、僕は古くに何処かで学びました。だが、実感として分かるようになったのは、近年です。君を助けている人びと。そう、常に、君の助けとなり、支えとなる一定の人びとがいます。また、君も誰かの支えとなっています。焦らないで！　今書いたように、このことが分かるのは大分《だいぶ》先です。兎も角、生きている『君と僕』は、まだ暫く対話を続けませんか？

」

＊

ハイエナに群がる星影《ほしかげ》。月と太陽、そして地球…。

輝きの準備を始めた〝兆し《きざ》〟と、
遁《のが》れ行く〝黒雲《くろくも》〟。
歩き出す〝死闘《たたかい》〟。
絶望が〝戦　旗《バトル・フラッグ》〟を振りながら襲い掛かって来る！
在る物を、ではなく、無い物を、描いている。

＊

「リーダーを倒せば、群れが弱くなる筈《はず》だ。」

そのことを心得ているライオン。

「この辺《へん》の町にライオンはいない。」

どうだろうか…。慎重に草叢を窺う、

やばい獣。

＊

α府β市γ区より、星雲に向けて、合図を送る。村の三セク・『F在《ふ》』で働く君。こちら、ブックフォレスト・『在』。「経年良。」というか、「経年のわりに極めて綺麗な状態です。」、或いは、「カバー背に微ヤケ。」どちらだろう…。慎重に草叢を窺う、やばい作業。辺り一帯にロープが張り巡らされ、これは何なのだろう、人だかりが出来ていた。ねえ、もう通報しましたか？　事件ですか事故ですか？　殺人ですか？　致死量の××を与えた。檻《おり》に押し込んだ。ハイエナみたいな男がいた。それは、**警察だ！**　コードネームすら、バーコードリーダーが読み込んで行く。「リーダーを倒せば、群れが弱くなる筈《はず》だ。」素人《しろうと》の発想だ。ねえ、もう通報しましたか？　このままだったら、女の人の血が全部出て死んでしまう。ねえ、ネトゲの中で、出しちゃった俺。出て来て、俺。ゼラルダと薊と、血と棘だらけの、あんたは綺麗ごとだけ言っとるんか。何なんや、ぼけ。あほんだらの、食べこぼし。はよ死ねや。詩なんね、死ィなんね。はよ死ねや。あんたは綺麗ごとだけ言っとるんか。あんたは、綺麗ごとだけ述べとるぽえむなんか、はよ死ねや。アア、死ィなんね。それは、本官の仕事です。忠《ちゅう》。誠《せい》。義《ぎ》。本官の仕事です、自分の望むところであります。やばい獣のやばい感じが、込み上げる。激痛《げきつう》だった。α府β市γ区の路上で、彼女の自転車が倒れていた。あの日も（ヒモ）、村の路端で倒れて、運ばれてたんや。副場長が、見ぃけた言うてね。通報したんや。どこのもんや。おい、われ。ほんとやばい作業。わんやわんや言うてね。ほんとやばい作業。ばーって、ばーて為《な》ってたわ。われい（お前）。

*

悲嘆《かなしみ》にも、まだ美学があった。

*

汗ばむ掌《てのひら》のうち、
百円玉をぎゅっと握り締めて、

LAWSON へ駈けて行くシニが
雨中《うちゅう》少年になる午後。
水面《みなも》を、飛沫《しぶき》だけで渡っている。
ジャックダニエルの空瓶も
ベランダの片隅で濡れながら。
俺もシャワーを浴びたら、
駈けて行く彗星となろうか。
不死身《ふじみ》台と愛宕《あたご》山塊、を収めたカメラ。
――あれは今、何処《どこ》にあるのだろうか？

*

学校で覚えたばかりのかぎかぎした平仮名が、小さな便箋いっぱいに、ウサギのイラストと共に書き込まれていた。俺は、仔ウサギの小さな心臓を想った。俺もまだ小学生だった頃に、ウサギではないが、よく野ネズミを殺してその心臓を抉り取ったものだ。自身の記憶を頼りに此処まで書いてみて、レターケースから今一度、当の手紙を取り出してみる。俺たちが日々何を考え、何を行動の糧としているのか。封筒の差出人欄には誰の記名もなく、文面の最後にもやはり署名はない。

ぐさぐさに割れたガラスで、俺は腕を掻き毟《むし》っていた。——晩年を、自分はあの時代の感覚へ遡行しようとしているのかも知れない。

葬り火

カラフルな若者の一団が、花のような輪を描《えが》いて踊る。俺は納屋の天辺《てっぺん》に立って、人生の舞台から飛び降りる覚悟だ。

草原を吹き抜ける一陣の風。あの風たちへの追憶。——突然降り注ぐ真っ新《さら》な閑暇《かんが》に、俺はまた精神の置き処《ど》を失くす。

絵本の中では幼年のシニが、繰り返し繰り返し、百円玉を握り締めて陽炎の立つ路上を突っ走って行く。

君に見せたかった川。見せたいと思った夏。占有された午後を、俺はまた一《いち》から数え直す。

長いローブの裾を床と擦れ合わせながら、不可視のわが王はゆっくりと玉座への階段を踏み昇る。

此処《ここ》は余りにも気圧が高過ぎるよ。へくとぱすかる。みりばーる。足許《あしもと》に立った小さい人たち、みんなそこに居ていいよ。

鎮座した王が段々と蕩《とろ》け出し、やがて王冠とローブだけ残して、その形影《けいえい》が泡沫《あわ》のように消え去る。

（遠景に見える、たくさんのれろれろ。大車輪を回す輻《や》を伝って、此方《こちら》へ渡って来るたくさんの猿たち。）

窓に映る樹々に俺は決心を改め、やっと方法を受胎して眠る。この独房に差す朝陽の、想像を遥かに超えて行く眩しさ！

夕立《ソナギ》

夏に架かる橋を思っていた。
(ほら、サウンドが聞えないか?)
何処かから、あの可愛い手足が見え隠れする。
僕たちは素顔を現《あらわ》して、浸っていた。気持ちの整理が
上手く行かなかった日、それでも、温《あたた》かい飯があり、
家があり、彼女が居た。何億光年の彼方《かなた》から、
ばいばい、手を振っている。

針先のような脚で
水面を渡って行く。雨だったのさ、天才だよ。
Jr.が倒れてパパが凍り付く。ぱいぱい、
ぱいぱい…。
やがて地球だって雨になるだろう。それこそ、
世界がまた水浸しになって、巡り来る夏、
暑さへと続く洪水の始まり、始まり。

方向性詩篇

この街に降る雨が伝説を濡らしている。

僕の躰《からだ》からは酷い石鹸の匂いがする。

窓から見える水道塔が空を突き刺す。

僕はデッサンのノートに、君の故国の言葉と植物図を描き込んだ。


埃の塊みたいになった猫が、眠りの隙間から耳だけをぷるるっと震わせる。

街の外周を走る道路がそのままセントラルまで延び、郊外は水に煙《けぶ》って見えない。

デスクの端広げられた読み止《さ》しの本が、金融の統計と軍事費の推移をグラフで表している。

僕は立ち上がって、調光のために設けられた、別の天窓が作り出す比較的明るい床へと、部屋を蟹のように這って行く。

救急車のサイレンが起り、徐々に静まって行った。

ベッドから起き出した君は、ボサボサの頭を振りながら、薬缶に湯を沸かしている。

薬剤の包紙を震わせるように、ラジオが淡々と、今朝の戦況と大陸で発生したテロを伝えている。

〝こんな地上じゃ報われることはないよね。〟時制が変わろうと変遷しない同一の、これは、或る種の「学説」だろうか？


白く明るい光を縫って、タールのようなものが運搬されている。

陶器の砕片と硝子玉《ガラスだま》が混淆され、値《あたい》を付けられ、売り捌かれて行く。

此処からは遠過ぎる場所で、新星《ノヴァ》が爆発している、その磁場だけが風のように聴こえる。

〝ライフ・ジャケットを着込んだ犬を、朕《ちん》は何処で見掛けたんだっけ？〟老帝はベルトを外し、
地球の裏側で今、眠りに就くところだ。

〝きっと、この街を降る雨に濡れているのは、交換所なんだろう。〟

〝借金のプロミスじゃないか？〟どうだろう、どうだろうか。

我々は寝苦しかった昨夜の暑気について、短い意見を交わしている。

食卓に皿を並べて、その一枚の上を蝸牛がゆっくりと滑って行く。


天窓を見上げながら、メビウスを燻《くゆ》らせ、フィルターを涎《よだれ》で湿らせて行く蝶《ナビ》。

この都市の西端に注ぐ江《river》を、君はまだ知らずにいる。

戒厳令下の、冬の逢着から、きっかり二年と六ヶ月が経った。

けれどここからは、未だに何も望めない初夏だ。

いいい、
だから、シナ、帆を揚げて風を孕ませよ。ジュナ、時代を歌にしっかりと書き込め。

諦念と無縁の詩句は、畢竟、幼いお前たちに懸《かか》る。

僕が年を老いる朝は、既に次頁に組み込まれている。

〝どうか、過たぬ〈基準〉を発語して下さい。〟軽やかに蝶《ナビ》がグラフから飛び発って行く。

海峡

黙秘した夏、
テトラポッドに登った。
それでもきみは禁を破り、
とても長い長い話を、
ゆっくりと語り出す。
狭い店内に紫煙が漂って静かだ。
スロウスターター。
国境を越えた何処かで、
名前さえ知らない町で、
今日も些細な事件が勃発する。

グラウンドを駆け廻る子供たち。
きみは見届けようとしている。
トランプの札を切りながら、
駄目になって行く最期のあがきを。
とても長い長い話さ。
百年後に革命が起きたなら、
誰かが振り返るかも知れない。
没落し、凋落して行く陽光。
けれど今は夏の盛りで、
そんなことも言ってられやしない。
分厚い調書の空白に、書き足される一行の真夏。
冷蔵庫のメモを見上げながら、運河沿い、
僕はやはりこの書を書いて行く。

II

カーテン

窓を開けると爽やかな夜気が流れ込んだ、枕辺。
なかなか寝付かない子供の耳元で
私は人差し指をぷるーんと回していた。
週末、近付く幾度目かの台風。
ロキソニンやルルで何とか持たせている体調。
昨夜に引き続く今朝の苦しい受信に
返事を書きあぐねたまま、夜を迎えていた。
山巓の野薊。魔王の汽笛。そして死んだ獅子よ。
風葬、という単語をこの時刻に考えているのは、
恐らく、今日の昼間に友人が

自室での餓死を語ったからだろう。

座礁。質実。慈愛。植物園。

俺たちの手首には鎖が繋がれている。

もう一方の端が杭に固定され、杭は地に深く刺さっている。

俺たちがぷらぷらしないように。

俺たちが何処へも行かないように。

だ、か、ら、俺、た、ち、の、計、画、は、い、つ、だ、っ、て、成、功、的、に、頓、挫、す、る、!

彼女だ。怪物のように巨大な嫉妬が、
俺にペンを握らせている。

太い線を描《えが》けと私は言った。

見る者に衝撃を与えろ、心を鷲掴みにしろ。

これがやはり返信だ。子供が寝静まった。

俺は窓を閉め、カーテンを閉じた。

凍る地方から

書籍商を使者に仕立て、更に白くなって行く冬の午後、
裁判所の門を出て舗路を歩む男の身体には、屹度《きっと》鋼製の屈強なバネが入っている。
今、並木の枝々に葉がなく、彼の脳が芯から冷え切っていようとも。
川面。
天鵞絨《ビロード》。
嘆き。
見慣れたお前たちを俺は再び探している。
デルタの夏、自然林のせせらぎ。――笑うしかない、
そんな記憶を支えにして、見まいとした。
塑像《トルソ》のスケッチの頸より上部が大きな花だった日、

もっと歪《いびつ》だったのはしかし現実だったろう。
凍て付いたフロントガラスの霜をガッガッと硬い刷毛で落しながら、老いた父のそんな背中さえを、
我々は自身の息子たちに見せて遺《のこ》すことが出来ない。
クローク。小石。蜂蜜。――封蠟。
ぐちゃぐちゃに、くしゃくしゃになった手紙を、
鞄の奥底に俺はまだ取って置いた。
何時の日か、そのブツではなく意志が、
役立つ朝もあろうか。予測が的中することを願っている自分を、
恐ろしい怪物だと自身で考えている。
書籍商を使者に仕立て、更に白くなって行く午後の真冬。
けれど遠い半島の都市は況《ま》して寒く、
詩人は白杖を宿命《さだめ》と受容して歩む。

暫定的生活

市営住宅に〝ボイジャー〟と名付けた犬を飼って棲む隣人。

よくわからない旗を、人々がモニターの中で振っている。

毎週誰彼《だれかれ》から箱が届いて、なかの荷を仕分ける仕事をしていた。

硝子の街——来る日も来る日も、惑星の構造を考える。


コンビニのライターでガス・コンロに着火して湯を沸かす。

「わたしの人生は、本当にこうして工員みたいに過ぎるんだろうか。」

便所に籠って読み耽る『人間失格』。

局員が来てドアを叩く度に、我々は頻繁に居留守を使った。

何度叩くのだろう、何度…。塹壕の生活。
水の翼が欲しい。薄暗いエレベーターホールに
廃自転車と埃が堆《うずたか》く積み重なり、汚れた窓を
作業着の男が一人ブラシで擦《こす》っている。（それもやはり俺だった。）

コーヒーと煙草が切れる都度、俺はLAWSONに歩いた。
テーブルに向かい合い、各々の任務に集中する我々。
メーター屋が訪ねて来て支払いを一時躊躇し、再び席に戻ると、
この部屋は昼間もカーテンを閉め切っているから臭《くさ》い。

眠る前、熱心に異端の話をし、湿った床に就き、
朝、陽の昇らないうちに届いたばかりの新聞を開く。
価値と価格の透き間を、細い針と糸で通しながら、
辛うじて糊口を凌いだ。塹壕の生活。欲しかった水の翼よ。

草木の戦記

軍人たちが思う未来を、
私は共有する。亡き友を偲び、
帰還するために。
洪水。
胸に溢れさせているのさ。
冬薔薇の棘に、
いちいち触れて行く必要もない。
虎。ワルツ。虎。ワルツ。
拒否出来ぬ責任なら、進んで受身しよう。
この暗合に驚く必要もない。

我々が望むのは、〝チャレンジャー〟に乗った
「私たち」を想定すること。常にイメージが先行して、
その後ろを切っ先が駆け抜けて行く。
何処からも遠く、新宿で守り続けた孤塁よ。
原宿に移動して振り返り、
誰も尾《つ》けてはいないことを認めた。
ランチャーが心に刺さる。タンクで飯を食った。
笑いながら、
我らが司令、将軍《ジェネラーレ》。
(「今更話すことがあろうか？　休戦の時代に、
わしらがあんたに伝えたいことはだね、」
こんな書き出しの小説を思っている。)
戦地で。曖昧な戦線で。
ハッシュタグの付着した犬を見掛ける。(とことこと歩いていた。)

古い土地、カタルーニャ。ヘミングウェイが、
バスの中で、皮袋に入った酒を回し飲みして行く。
別の時代も大いに晴れ、雨読の日々が終わり、
全軍の撤退は始まる。首領たちが、電信で
合意に成功したのだ。ごらん、早くも戦記を
纏《まと》めようと胸躍らせる兵士たち。(それはこんな始まり方がいい。)
「柔らかい土壌を耕す草木。
細かい根が、びっしりと無尽の潤いを吸い上げていた。——

美しい村

明日までに読まなければならない檄文を脇に置いて、このノートを書いている。
夕立の気配と蝉時雨。――ベッドに横たわり、部屋に差し込む残光の中、
ぐにゃっと寝そべっているスジン。彼女の片腕が白く枠外、だらりと折れ曲がって下方へ垂れる。
臓物のような赤を塗りたくった。子供の世話をして、それだけで暮れて行く一日。
堀辰雄の『美しい村』を筆写する、――そんなシニの指先を今、降り出した雨滴が濡らす。
ざあざあ降りの雷鳴の中で夏が終わり、『美しい村』が滲む。滲んで行く「節子」だか「菜穂子」だか、
そんな遠い軽井沢駅だか何だかを、やはり遠いスクリーンで見ている。

空想の映画館で俺も今、アーカイブ化された電子の海にいる。

汚い光を吐き捨て、玉のような汗を掻きながら、

臭い飯を喉に突っ込んだ。

熱い茶碗を啜った。

登場人物たちの、トーンのない会話を描《えが》いてみる。

結局何だったんだ？　とても身近な場所で、何時からこんな時世になってしまったのか？

ソーシャルネットワーキングサービスで、「世界中」が固唾を飲んで見守るトップ会談。

臨時国会で当初予算の上にぐだぐだの補正予算が組まれた。

「おさるのジョージ」が両手にバナナを持って、ジャングルの奥深く飛び跳ねて消えて行った。

地上の人

長い漂流の果て、独《ひと》り流れ着いたこの土地。
僕が震えているのは、薄いジャンパーの所為《せい》じゃない。
曇天の雲間から差す光が、手を切る草の葉先を、
キラキラと輝かす。いつかの日々、白い猫だった我々。
木々の梢がざわざわ騒めき、君はこの原っぱで、

不意に僕の手を摑む。——寓話めいた季節を、
ただ機械のように生きる。
根暗な優しさを携《たずさ》え、穏やかな風が遣《や》って来たら。
帰ろう、と君が呼び掛ける。帰ろう、あの部屋へ。
僕もまた君の指を握り返し、私という廃墟は、
君と黙って短い家路に着く。

廃墟

そしてまた履物《シンバル》について、書こうとしている。
色付き始めた枝々と、枯葉、どんぐり。
小川の飛び石を渡って行くジュニ。

木漏れ日の下で啼き交わす鳥たち。
葉陰に張り巡らされた蜘蛛《くも》の巣。
(午後、明るい遊歩道で、
　俺は落してしまった原稿を探す。)

暗い宇宙の軒先。雨に濡れた中央公園《セントラルパーク》。

誰かがぶち撒けたひかりを、
拾い集めて、
屹立する耀きで、君に合図を送る。

君に合図を送るね、

怪物の心臓を貫いた剣が、
今もこの手にあるなら。

滑り台のある遊具場から、響いて来た歓声へ、
石段へと走り出したジュニを、
慌てて追い掛け、俺は抱きかかえた。
見えない星たちがさざめき、
光年を渡るその声だけが聴こえる。

地獄《ヘル》

地獄《ヘル》

かつて存在した土地、河。――爽やかな夜気が流れ、色取り取りの色彩が溢れる。

曇天に罪はなく、思考の爆撃は愚かだ。俺たちは極力耐え抜いて来た。常に優しく、冷静に。生《サーム》。声《モクソリ》が聴こえる。思い浮べるのはいつも、君の握った拳《こぶし》だった。

戒厳令下で、（拳飯《チュモッパプ》＝おにぎり。）君のことを考えていた。温かい飯を食わなくなって久しい。人々が虚偽を祈り、祈られた虚偽で、彼方《あなた》のタイムラインが満ちる。見通しも希望も持てない時代に、イデーだけが屹立する。

方法が破壊され、破壊されたそれらの砕片が、破片たちが君を織り成す。君は古くなった方法の「止揚」

として生きる。びーどろ。(俺は軍歌のパロディを歌っている。)

ぎっちりと氾濫する情報のネットワーク。冷蔵庫のメモを見上げながら、運河沿い、本当は何を見上げている？　何を見上げているんだ、君は？

シンバルが鳴り響き、コーラスが鳴り止まない。劇薬を流し込んだ海に向かって、老人が何事か叫んでいる。君が聴いているのはただの耳鳴り。俺に聴こえているのは、音速を超えて飛行するF－35Bの爆音。

ラッセル、この紙束を燃やせよ。遅くなってごめんね。そちらの天候はどうだい？

地獄《ヘル》。――自分たちが軍歌のパロディを歌っていると知った時、地の果てのようなところで、われわれは吃驚《びっくり》し、涕泣《ていきゅう》した。(自分は特に泣かなかったが。)

歴史に刻まれた旧時代の遺構を、ではなく、まざまざと、生き生きと、本質的な未来を生き抜く。不可能を可能性とする本性《さが》。

〈拝復。雨ばかり降り続いとるよ。〉晴れ間時、天上のラッセルから届いた返信のエアメール。〈そうそう、君の新しい思索の具合はどうじゃい？〉

雨ならば結構な方だ。爆弾の降り止まない地上で、隠れ処《が》もなく、今日も脅えて暮らす人たちがいる。

地獄《ヘル》。――自分たちが軍歌のパロディを歌わされていると知った時、悶絶死でもすればよかったのだろうか？

天上で降り注ぐ慈雨。――それは誰の涙だろうか？　菩提樹の畔《ほとり》、穏やかに語り合う師弟たち。

iPad の中で炸裂する白い巨星。きっと悪い電波が出ているよ、心配になるよ。

〈郷土愛とは紙一重の、俺は祖国敗北主義を具現してみせる！〉友人はそれっきり、帰還しないし、音沙汰もない。

ブックカバーのサンプル用紙を、指の腹でさらさらと擦《こす》ってみる正午。

どうしようもない苦痛と、度《ど》し難い本性《さが》。君は寝室で眠り、俺は痛みを持ち堪《こた》える。

ロキソニンも正露丸も、ルルも疾うに尽きた。

ヴィジョン

ヘッドフォンを外した後、君は〈タン！〉と撃たれる。
汚染された午後。文机の上に置かれた、朱を入れた原稿。
戦況を伝えるラジオから、叫び声《ノイズ》が聴こえる。
この部屋のガラス窓から、僕は深い河を見降ろす。

激しい市街戦の果てに、ぼろぼろになった街区を、戦車たちが走行して行く。
歴史から消される街。ぎりぎりの極限で、抗《あらが》おうと試みた生者たち。
運河沿い、君の方へ歩いて行く。（それは叶《かな》わない夢だろうか？）
悪いウィルスが流行り、それに兵士たちも徐々に罹患して行く。
行き付けの喫茶店で、顔を拭いながら、紫煙を燻《くゆ》らす。
バルコニーに配置された、造花のハイビスカス。

冬が終わろうとしている、誰も予期しなかった結末を設《しつら》えて。

他地方とこの都市を繋ぐパイプライン。本当に〝遠い出来事〟だろうか？

「在り来《きた》りの日々。何も起らないこと。」というまやかし、、、。

始まろうとしている春。水面下で、再び組織される〝地雷原〟。

線

激しい降雨の中、差した傘が風に翻《ひるがえ》る。
橋梁から見降ろす、水嵩を増して流れる河。
二百キロ離れた安全な場所から、安否を気遣《づか》って入るライン。
君は二つのリングを、思いっ切りの力で投げ棄《す》てた。

地獄《ヘル》。——これが五年前にありふれた〝光景〟だ。
今日も傘を差し、僕は同じ道を自転車で通勤する。
彼女は薄暗い部屋で眠る。昏々《こんこん》と、何かの患者のように。
地獄《ヘル》。——長針が定時を指し、循環のバスは巡り来る。

この都市の西端に注ぐもう一つの大きな河を、見知らないまま、大人になって行く。
たくさんの日々を大きな袋に携え、行く宛《あて》のない彷徨を続ける。

夜、ジュニに読み聞かせてやる『てぶくろ』。――手袋にぎっちりと詰った動物たち。
流れが穏やかな河を、君は想像し、僕は渡る。帰路、コンビニでアイスを買う。

解けて行く。身体が暖かさに解ける。
銃口。戦車。カサブランカ。〝昨日の国〟。
歴史書を読みながら、声を掛ける。或いは、声を掛けて欲しいと思う。
市営住宅の戸外に雪が降る。季節外れの雪に、五歳になったジュニが燥《はしゃ》ぐ。

帝王

五月雨の中、錆びている鉄骨。鳴り止まないコーラスと電子音。
エレベーターホールの掃除人と、草刈りに駆り出される自治会役員。
諦めることの能《あた》わない生活の中で、自分が必死に探して来た、
生きて行くための糧《かて》。散々《さんざん》与えられたまやかしと、優しさの混同。

やり切れない日々、寂寥のときに開く思い出。
静かだった湖面に漣《さざなみ》が立ち、私が突っ立っていた岸辺。
自分が何時からか抱えて来た、残骸のイメージ。
さわさわと草木が生《お》い茂り、白い藤棚が揺れる。

子供たちが遊ぶ、野戦病院ごっこ。傷を負った兵士に、
ぐるぐると包帯を巻いて上げる。白い布を被せられた、

じっと動かない子供たち。(俺はパンクしそうだ!)

臨月を迎えた少女。思いを馳せる地獄と爆撃。

汗を拭い、雨中を駆けて行く訥弁《とつべん》のアラン・ポー。
櫂を潜らせて漕ぎ出した舟は、早速に座礁する。
ダイナマイトで以て爆破される岩盤。それらの砕石が、
寺院を形作《かたちづく》る。サグラダ・ファミリアみたいに、何年も、何年も掛けて。

思いを巡らせよ。遠い異国。報道が伝える戦闘。

〝朝は壊れやすいガラスだから〟、創生される敗北。

何事も起《おこ》らないのではなく、何も彼《か》もが疾うに起《おこ》っている。

怒気を孕み、顔を赤らめて叫ぶ。私は佇立する。

警報。中有《ちゅうう》。白む朝早く、私は歩いて行く。帝王を殺す。——帝王を殺す夢を夢想する。

おやすみ

フィールドで瞬いた星たちへ、「おやすみ」。
蛍光灯の明かりの下、竣《ジュニ》と食べる寂しい夕飯。
テレビが映し出す、サバンナを駆け抜ける水牛。
日本にも雨季と乾季があればいいのにね。
そうすれば渇きの苦しみや、
潤いの優しさがちょっとわかる。
大陸で続く戦乱のニュースを、
距離の分からない光景として眺める。
ぐるぐると〈惑星〉が巡っています。
〈恒星〉の周りを廻る星を〈惑星〉と言います。
ちきゅうも〈太陽系〉の惑星の一つです。
幼児向け冊子『うちゅうのふしぎ』。

寝る前に一冊、絵本を竣《ジュニ》に読み聞かせる。
突然だった。蛍光灯の灯《あか》りが一つ消えた。
頁を捲りながら、何故か俺は、
今は離れて暮らす新《シニ》を急に思う。
クリスタルガイザーの空きボトルに、
水道水を詰めて冷蔵庫で冷やす。
起き出して来て、喉が渇いたとぐずる竣《ジュニ》。
当り前のことを、当り前として受け容れられずに、
不思議な気持ちで、俺はカップに牛乳を注ぐ。
やがてこの日々も思い出になるんだろうか？
大きくなって行く子供たち。俺は書き遺《のこ》して行く。
それは誰のための、何のための務めなんだろうか？

大公園

大公園の林道を走り行《ゆ》くジョガーと擦れ違いざま、俺はまざまざと〝神〟を見る。猶《なお》も強い意志を把持して、〝科学的なもの〟へと献身する老兵たち。静けさの中で、聖者たちは〝手話〟で叫び続ける。

紙の手紙の末尾に走り書きされた、アルファベットの記名。時刻が午後に入り、古びた〝長机〟を整えて会議は終わる。

見慣れた〝逢瀬《おうせ》〟を積載して、見慣れた貨車たちが走行して行く。これらと連結された仕組みが、〝白い巨星〟の爆発を誘導する。

細《ほそ》く浅い川。此処《ここ》で頻発する氾濫。この頃じゃ気候変動の影響で、豪雨がしょっちゅう降《ふ》り、床上浸水さえ、毎年の恒例になった。泥を掻き出すシャベル。流木。堆積するごみ。

あなたが落したのは、この金のシャベルですか？　それとも銀のシャベル？　正直なところ、俺たちに貯蓄はない。固定収入が低く、ローンも組めない。

ゲリラ部隊で部隊長をしている友人。眠気を抑え、夜の見張りに立つ衛兵。俺も志願して、銃の扱い方を学びたいと思う。

スカスカのロシア煙草を吸い、常に頭の中で、逃走ルートを確認する。構えても直《す》ぐには撃つな。一発の冷静な狙撃から、激しい銃撃戦が始まる。

家族の存在は、若者たちにとって入隊を躊躇《ためら》う理由にはならないだろう。梅毒が流行《はや》り、俺はゴーギャンを思い浮べる。

タヒチ。行ったことのない国だ。地図帳の上、太平洋に指を滑らせて、初めて其処《そこ》が「国」ではないことを知る。

グローバル・マップ。もう、直ぐに梅雨《チャンマ》だ。コーカサス戦争に従軍した若き日のトルストイ。グーグルで「カフカス」と入力し直して、俺は無駄に終わるだろう思索を深める。憂鬱な日に太宰《ダザイ》治を思い出すと、自分が何処までも愚かだと感じる。

フロイト。ニーチェ。孔子。毛沢東。大学の授業で初めて西田《ニシダ》幾多郎に触れた時、此奴《こいつ》はとんでもないカスだと思った。

朝鮮の文学を和訳で読む。これも結構な苦痛だ。そうして朝鮮語文学には殆ど無知なまま、俺は晩年に差し掛かりつつある。

毒されたニュースの一覧。溢れ返る死語たち。「結局、俺のこの言葉たちも、パズルに過ぎないのだろうか？」何時までも見出せない答え。

二十歳のインテリ学生が読むような、そんなダサい文章を書き求める。熟《つくづく》と、腐り切った下《くだ》らない作業だと思う。俺はへたばって、そのうち倒れ込むだろう。

「弱者必敗」の論理を打ち破り、逆に力強い〝破滅〟への道を歩む。〝サーガ〟。今求められている詩篇を、

俺はこの書に書き残す。

シェパード

僕等《ぼくら》とは異次元の領野を
彗星となって駈けて行くシェパード。
気付いているのは多分、僕一人だけで、
サイレンサーのような微かな音が漏れている。
いつだって生まれたての、
新鮮な目と耳だけが、この犬に気付く。
僕もなりたいと思った。

彗星を走ろうと思った。
低く唸りながら、一歩を踏み出すと、
体がオーラに包まれ、君さえ見えなくなる。
(君から見えなくなる。)
徐々に加速し、更に音速を超えた。やがて、
シェパードに並んだ。頭ひとつぶん後ろを、
僕も駈けていた。あの日から、
白さ以外、何も見ていない。

dandelions

永訣の朝、俺はジャケットに身を包み、舗路を歩いて行く。
複数の言葉たちが脳裏を行き交う。
誰にも読まれない伝記を編む、極めて虚しい作業だ。
さあさあと俄雨《にわかあめ》が降り、干した洗濯物が濡れる。

鄙びたサーカスの一団。褐色の時代背景。
画用紙の上、子供たちの走らしたカラフルなサインペンが、
偶然に描いた日章旗。俺は目を瞑りたいと思う。
冷たい布団の中で丸くなって、枕元にはサリンジャーを置いて。

描き掛けの細密画を殺し、首相メッセージに耳を澄ます。
事前に録画された動画は激しくぶれ、俺はそれを三分の一も聞き取れない。
原子力発電所の掌握。悪いウィルスが流行る巷《ちまた》。
頻繁に流れる臨時ニュース。死者数の総計だけが、世界中で上がって行く。

やばい軍隊がこの街にも近付いている？　殺戮が既にこの近くで起っている？
それが真実なのか、そうでないのか、俺にはまるで判断が付かない。
フィクションを生きると決めた蒲公英《dandelions》たち。ギザギザの葉先が君たちに噛み付く。
俺は何故か、この状況に懐かしささえ覚える。テロルの白色の光に、堂々と掌《てのひら》を翳す。

劫火

柔らかい光降り注ぐ穏やかな午後、誰にも渡す宛がないこの書簡は、何時の日か、千里を走り抜ける汗馬となって、燎原の火中をも駆け抜ける。

小さな池の畔、亀が甲羅干しする様を眺め、水泡がぷくぷくと湧き起る様を、やはりぼんやりと眺めていた。

焚書の時代。轟々と燃え上がる漢籍の山。平らかな生ではなく、何故、激しく生きようと試みるのか。俺は生まれつき、自分を上手くコントロール出来ない。

冬の季節、猫たちをケージに閉じ込め、俺は家でバルサンを焚いた。あれから数ヶ月、再び発生した害虫たち。

エディンバラ。カイロ。シンガポール。俺はどの都市にも、生涯行くことはないだろう。

アラブの春。ビロード革命。光州《クワンジュ》民衆抗争。――「詩は飢えた子供に何が出来るか？」本気でこの問いに苦しむ若い詩人は、本当に愚かなのだろうか？

放水銃を浴びて、ぐちょぐちょに濡れた衣服で帰路に就く。催涙弾が使われなかっただけまし、だと先人たちが語る。

長い旅の果て、何処にも辿り着けない思考。ぐるぐると円周を廻りながら、決して円の中心に至ることが出来ない。この円環を突破しなければ、新しい未来はない。


千里を走り抜ける汗馬には、なれないかも知れない。燎原の火も、今は見渡せない。

一朝一夕で、解ける問いではない。長野県千曲市更科。久し振りに深く息を吸った。

ざっくりと踏み込んで行く美ヶ原の雪原。まだ残雪は溶け切っていない。

書き付ける。繰り返し、繰り返し、書き付ける。台北のニュース。俺の目指す革命は、未だ程遠い夢に過ぎない。

チューブ

高い樹の枝に上ったきり、降りて来ない白い蛇。われわれが黙々と待つ、がらんどうの地上。涸れた井戸の側《かたわら》に立ち、君が翳すスマートフォン。小さな画面越しに覗き込む、光り輝く南山《ナムサン》タワー。

誰かが吏員たちに制圧され、その誰かが俺かも知れない。混乱。鳴り響くサイレン。後ろ手に手錠が掛けられ、その渦中で振り仰ぐ青空の深さ。存在したことのない〝国家〟。〝権力〟という名前の幻想?

一つの季節《シーズン》が終わる。二年間掛けて書いて来た、分厚い原稿の束を、焼却炉の火中に焼《く》べる。毎朝メザシを喰っていた男は、それが原因で健康を害した。

見知らない土地を歩く時の不安を、見知った街においてさえ常に抱《いだ》き続ける。感性と方位だけでは、この感覚は解消されない。テレビの中にだけ、鉄格子があるのではない。

フットサルのチームメイトと、ラインを送り合う夜毎《よごと》。巷《ちまた》で流行っているゲームの、課金すると貰えるモンスター。


若い君たちへ。僕はまだ息をしています。だけど、これがラスト・メッセージにならないとも限らない。

〈Barbarian Harlem to Industry〉受け取れるものは、出来るだけ、今受け取った方がいい。

本当のことを言うとね、僕は毎日、影法師になる練習をしています。

キーボードだけで繋がっている世界。それが幸か不幸かは、君たちの判断に任せる。


人類も何時の日か、滅びるだろう。俺は無性に煙草が吸いたくなり、LAWSONまでラーク《雲雀》を買いに行く。

君に手渡したい書物は、こんなものじゃなかった。もっと沢山の滑らかな言葉を伝えたかった。

憂鬱な日暮れ時、じゃらつく小銭しか入っていない財布。

待ち惚《ぼう》ける。二十一世紀の真夏、栄養失調で肺炎に罹患した青年。リストカットの痕跡が目立つ白い腕。

アソシエーションとリゾーム？　俺は思考の桎梏を越えることが出来ない。全く馴染みのない概念を連れ歩いて、道端で用を足させる。コースの決まっている、「散歩」という日課。

誰かが吏員たちに制圧され、その誰だか分からない人間が君かも知れない。いくら喚《わめ》き立てても、無駄に終わる抵抗。

僕はまだ息をしています。降りて来ないか、白い蛇よ。これが最後の足掻き、僕の最期のメッセージさ。

supernova

ジャック・ダニエルは死んでしまった。或いは実在しなかった。
テネシー州で、鈍色《にびいろ》に暮れ泥《なず》むバケツ。
長い休暇に訪った芝生。州立大学。

俺はLAWSONまで、再びコロナを買いに行く。
擦れ違う散歩者が見せる、面影を忘れた神話の神々。
何も書けなくなった地平で、俺だけに見えていた世界がある。

空想の自由を、超音速で飛行するステルス機。
エドガー・アラン・ポー。かつて、あんたに見せたい歌があった。

嘲笑の渦中にあって、蒼穹を射程に入れる。

どうしようもなく暗愚な生が、駆け抜けて行く雨中《うちゅう》。

イリノイ州に暮らすリズに宛てて、拙《つたな》い英語で書き綴る手紙。

リズも〈惑星〉の構造を考える。来る日も、来る日も。


頁を捲る度に繰り返す恒星の爆発。巻き起こる砂塵。

永遠に終わることのない、終われない星々の詩篇。

世紀が過ぎ、積み重なって行く未読本の山。


研修生としての日々。〈彼女〉が真剣に考えた紙葉《novels》たち。

暮れて行く光の中で、今、忘我のために両掌を組む。

IT WAS A LONG MESSAGE FROM FUSHIMI WARD.

さらさらと鉛筆で書いて、交信は終わる。

冷蔵庫のメモを見上げながら、運河沿い、君の方へ歩いている――。

今、このフレーズをゆっくりと手放す。この詩集を上梓するにあたって、どっと肩の荷が下りる。

三十代を終えて四十代に差し掛かったこれからも、自分は、ダサい恋文を書き継ぐのだろう。この四月から、下の子は小学生になる。

はじまりの一行を書く。繰り返し繰り返し、はじまりを始める。ワードに向かい続ける私に向かって、緩やかに降下して来る神様。

同じような機会が再びあったとしても、同じ経験は最早《もう》起らないだろう。何も繰り返されはしない。本当のところは、全てが繰り返しではない。〝生きた〟という記しがあり、それが徐々に風化してゆく。

さようなら、と手を振る。今はまだ見えない小さな者たちに宛てて、そっとこの書を封緘する。俄雨《にわかあめ》が降ったり、何物にも代え難い朝があったりする。

二〇二三年一月　大谷良太

著者略歴

大谷良太　おおたに・りょうた

一九七九年、静岡県生まれ。神奈川県出身。詩集に『薄明行』（詩学社、二〇〇六年）、『ひなたやみ』（ふらんす堂、二〇〇七年）、『今泳いでいる海と帰るべき川』（思潮社、二〇〇九年）、『午前五時』（書肆ブン、二〇一六年）、『大谷良太全詩　二〇〇〇―二〇一六』（書肆ブン、二〇二二年）がある。現在、京都府在住。

方向性詩篇《ほうこうせいしへん》

二〇二三年五月三一日　第一刷発行

著　者　大谷良太
発行者　西　浩孝
発行所　編集室　水平線
〒八五二―八〇六五
長崎県長崎市横尾一丁目七―一九
電話〇九五―八〇七―三九九九

印刷・製本　株式会社　昭和堂

ISBN 978-4-909291-05-9　C 0092